OPINIONS

DU

CITOYEN JACQUES

SUR

LES CHOSES REMARQUABLES DU JOUR.

PRIX : 50 CENTIMES.

AUXONNE,

CHEZ X.-T, SAUNIÉ, IMPR.-ÉDIT.
de la Liberté, 11.

DIJON.

CHEZ JULES PICARD, LIBRAIRE,
Rue de la Liberté, 120.

1848.

OPINIONS

DU

CITOYEN JACQUES

SUR

LES CHOSES REMARQUABLES

DU JOUR.

AUXONNE,

X.-T. SAUNIÉ, IMPRIMEUR-LIBRAIRE-ÉDITEUR.

—

1848.

AVANT-PROPOS.

De quoi s'agit-il ? Des opinions du citoyen Jacques.

Eh! mon pauvre Jacques, quelle
mouche te pique. Tu ne sais donc pas
que tes opinions ne sont guère de ce
monde. Quel diable te pousse à vouloir
écrire. Encore si tu avais quelque chose
à dire.

Voilà en vérité une belle raison! —
Quand je n'aurais rien à dire, je ne m'en
croirais pas moins obligé sur l'honneur,

sans délai, au nom de l'humanité de prendre la plume.

Demandez à mes confrères de Paris,
c'est bien là ce qui les occupe, d'avoir
quelque chose à dire. Regardez comme
leur plume trotte, demain vous mettrez
vos lunettes, pour méditer sur ce qu'ils
ont écrit en se moquant de vous.

Soyez persuadés, chers lecteurs, que
j'ai pour vous une estime profonde.

On parle de restaurer l'édifice social,
n'est-il pas vrai? Chacun se met à l'œu-
vre, qui par ci, qui par là, qui par en
haut, qui par en bas, de tous les côtés
enfin.

Il y en a qui veulent tout démolir d'a-
bord, pour ensuite mieux aligner leur
plan. Ma foi, truelle pour truelle, je me

suis dit que la mienne en valait une autre.

Il se peut faire que vous trouviez dans ce petit livre des choses curieuses et divertissantes. Cela dépend de vous : et voici comment.

Supposez qu'un homme timide, d'ailleurs vif et jovial, entre dans une compagnie. Si les fronts sont ouverts, les regards bienveillants, il parle; si l'on rit, il s'anime; le voilà en train : son esprit s'allume et jaillit comme un feu d'artifice, à la satisfaction des assistants.

Si les gens sont froids, rechignés, maussades, bonsoir, c'est de la pluie sur les fusées. Notre homme parlera de la pluie.... et du beau temps....

LA RÉPUBLIQUE.

J'aime la république, cette forme de gouvernement me séduit. Dans la république, je personnifie les vertus austères, qui affranchissent l'homme du joug avilissant des passions cupides, pour lui procurer la plus grande somme de bonheur possible.

Ma république est une république de mansuétude et de charité. Les hommes n'y sont plus que des frères, qui se donnent la main, pour cheminer ensemble vers une meilleure patrie.

Voilà pourquoi j'abhorre la république *rouge*, la république des *fraternisateurs* épileptiques.

Je n'ai jamais rencontré un de ces amateurs forcenés de l'égalité et de la fraternité à la façon de 93, qui ne m'ait d'abord menacé tout doucement de me faire pendre. Singulière égalité! singulière fraternité!

En Russie, quand on vous applique le knout, on a grand soin de ne vous parler ni d'égalité, ni de fraternité, je le crois bien.

Chez nous, c'est différent, la démagogie vous étranglerait volontiers dans ses bras fraternels.

RÉPUBLICAINS DE LA VÉILLE.

Comptez-vous, Messieurs, comptez-vous bien. Je défie le plus habile statisticien de votre phalange sacrée, d'y trouver de quoi former un régiment; et cependant vous avez conquis la France.

En vérité, ce n'est pas l'audace qui vous manque. On vous dirait d'aller prendre la lune, que vous essaieriez bravement. Et si la lune regimbait; si vous ne pouviez y mordre, vous la traiteriez de *réactionnaire*.

Allons messieurs, ne pensez pas à la

lune, contentez-vous de la France. Elle doit suffire à votre robuste appétit.

Vous nous avez débarrassé d'une monarchie de barricades, d'une monarchie qui avait fait un dieu de son ventre. Grand merci! quand nous débarrasserez-vous des forcenés, qui marchent dans vos rangs, et qui ne veulent s'arrêter qu'après avoir tout démoli...

Vous nous avez promis une République calme et propère. Songez à tenir vos promesses. Le peuple n'aime pas qu'on le gasconne; quand on lui a fourré dans la tête que les révolutions sont faites pour lui, il devient exigeant et il a raison.

Vous commencez peut-être à vous apercevoir, que tout n'est pas roses dans le métier de gouverner. Bah! Qu'est-ce que cela pour des hommes de votre étoffe?

Ne venez pas dire que la situation est difficile, embarrassante, anormale. C'est vous qui l'avez faite, on ne vous la demandait pas. Jouissez-en, trente-cinq millions de Français en jouissent avec vous.

Belle jouissance ma foi! surtout depuis que nos poches sont vides.

Vous, c'est différent, les vôtres sont pleines. Je serais bien sot de vous plaindre. N'avez-vous pas encore pour vous consoler et vous satisfaire, une douzaine de palais ci-devant royaux, où vous pouvez aller prélasser à votre aise.

Allons! allons! les révolutions seront toujours bonnes à quelque chose; ne les maudissons pas trop.

LE CLUB.

Avant l'élection, le club, c'est dans l'ordre. Le club, c'est comme le laboratoire où l'on prépare la matière électorale.

Un jour j'y entrai par hasard. La porte était bien gardée; mais grâce à ma tournure *cocasse*, je passai pour *un* de la veille.

On s'agitait beaucoup, on criait, on vociférait. Je vis dès l'entrée, comme une espèce d'orateur en carmagnole, dont la burlesque pantomime trahissait l'émotion profonde!.... Mais avant, je ne saurais passer outre, sans vous avertir d'une erreur, qui parait vouloir s'enraciner dans les esprits.

On ose dire et répéter, que les clubs ne sont pas pour la France un élément de prospérité, que l'agitation et le trouble empêchent la confiance de renaître. Il n'y a qu'un bourgeois, qui puisse raisonner ainsi. Si vous disiez que Paris ne fût jamais plus prospère, que lorsque chaque coin de rue était un club, voilà qui serait clair.

Maintenant, si je n'avais crainte de faire rougir ce papier, je vous donnerais volontiers un petit échantillon des choses étonnantes, qu'il me fut donné d'ouïr, à moi profâne, qui avais eu l'audace de souiller de ma présence, le redoutable sanctuaire des sans-culottes.

LES CANDIDATS.

Quelle cohue, grand Dieu! On en trouve encore, même apres les élections. Il n'y a pas de jour que je ne tire, en passant, mon chapeau à cent législateurs en herbe.

J'en connais un, jeune politique de seize ans, qui ne peut encore digérer la fumée d'un cigarre, et déjà il se croit propre à tout. Il aspire aux honneurs de la législation, il entre dans une sainte fureur contre le décret rétrograde, qui le frappe d'incapacité jusqu'à 25 ans. Ah! si j'étais là-bas, dit-il, vous verriez comme cela marcherait.

Vous n'avez pas oublié nos fameuses élections du mois de mai. Quelle comédie! tout le monde voulait en être. On dit que nous avons choisi les meilleurs et les plus capables. Comment se fait-il qu'avec tant de capacités gouvernementales, nous soyons si mal gouvernés?

Je conserve soigneusement les circulaires, professions de foi, proclamations et autres histoires de ce genre à l'usage de nos ex-candidats. Après quatre mois c'est déjà fort plaisant à lire. Que diront nos neveux quand ils mettront le nez là-dedans. Je parie que les drôles se moqueront de nous.

M. de Lamartine sera curieux avec ses professions de foi de toutes couleurs, depuis le blanc pur, jusqu'au rouge écarlate. Mais chut!... il pourrait bien avoir un jour la fantaisie de monter au calvaire avec son ami.

La belle place pour le Christ, entre ces messieurs!

QUELQUES CAPACITÉS

DE LA VEILLE.

N'est pas qui veut un homme capable de la veille, tout le monde ne sait pas culotter une pipe, boire la bière, jouer aux cartes, se soûler et faire des dettes. Telles étaient les qualités requises, il y a cinq mois, pour constituer une capacité de la veille.

Depuis lors on s'est grandement relâché. Les imbécilles du lendemain commencent à ne plus être l'objet d'un si profond dédain, on leur tend la main, on les encourage; encore un peu et on leur parlera d'égal à égal.

Et moi, pauvre Jacques, j'en serai pour mes frais d'exercice, c'est fâcheux; car je commençais à devenir fort sur la pipe culottée; je me grisais à merveille, j'avais déjà quelques dettes; bref, je commençais à prendre une tournure de la veille.

Je me résigne en attendant meilleure occasion.

DÉMOCRATE ET DÉMAGOGUE.

Deux hommes qu'il importe de ne pas confondre.

Le démocrate aime le peuple, il se dévoue pour le peuple, en un mot il se fait peuple.

Le démagogue exalte la populace, pour s'en servir comme d'un marche-pied. C'est un tyran qui a soif de despotisme.

Le démocrate travaille sans relâche au soulagement des classes nécessiteuses, il se sacrifie sans calcul, il accomplit une mission sainte, il est l'apôtre de la vraie fraternité. Les pauvres sont ses meilleurs amis.

Le démagogue n'a que des entrailles de fer ; s'il pousse le prolétaire à la guerre sociale, il n'obéit qu'à une rage aveugle de destruction. C'est l'ennemi juré de l'ordre et de la liberté.

Le démocrate ne comprend rien sans l'ordre et la liberté, l'ordre qui préserve la société contre les violences de l'anarchie, la liberté qui assure l'indépendance de la foi et des opinions.

St.-Paul prêchant aux esclaves de Rome la doctrine de l'affranchissement, leur recommandait en même temps l'obéissance aux lois. Il est vrai que depuis et en vertu de cette docrtine, il se fit une révolution, qui a changé la face du monde.

Le socialisme de nos démagogues pourrait bien à son tour changer la face du monde, et nous ramener aux mœurs des Vandales et des Ostrogoths.

RELIGION.

Ce n'est plus comme il y a cinquante ans, aujourd'hui il faut une religion, les plus fortes têtes le disent tout haut, et en le disant on a l'air d'annoncer une découverte.

— Il faut une religion. Laquelle s'il vous plait?

J'en connais une excellente, à laquelle il n'y a rien à changer ; mais en revanche elle vous changerait tous. Voilà peut-être en quoi elle ne vous conviendrait point.

« En effet, comment pourriez-vous goûter une religion, qui non-seulement défend d'être égoïstes, voleurs, ambitieux, débauchés, ivrognes, etc.; mais qui commande d'être bienfaisants, désintéressés, charitables, humbles, chastes, tempérants, etc.

« Si du moins vous permettiez dans l'occasion de vendre à faux poids, de fouiller selon le besoin quelques poches et de débaucher quelques filles; mais vous n'avez garde. Votre religion n'est plus au niveau de l'époque, c'est une religion *réactionnaire*. Nous n'en voulons pas.

Je m'en étais douté.

LES PHILOSOPHES.

Je ne parle pas de ceux qui savent quelque chose, qui sont réellement philosophes : ceux-là je les révère et je les écoute.

Je parle de ceux qui ne le sont pas ; mais qui croient l'être, de ceux qui s'appellent les révolutionnaires de la pensée, les successeurs de Voltaire. Successeurs, le mot est joli. Successeurs ! oui si vous aviez hérité de l'esprit du père ; mais vous n'avez eu garde.

— « L'homme a des passions, dites vous, ces passions le rendent misérable donc il doit.... les garder.

« N'allez point les brider au moins laissez-les, lâchez-les, poussez-les et cou rez avec elles à tous les diables ! Ne vou gênez point, je vous prie.

« Vous servant de vos passions, vou n'aurez point à les combattre.

« Et voilà la manière de s'en servir.

« Gribouille, qui n'était point un sot avait pressenti l'expédient, et se jetai dans la rivière, s'il venait à pleuvoir, d peur de se mouiller. »

C'est parler cela. Et voilà des gen qui mériteraient d'être écoutés. On m' dit qu'ils ne l'étaient guère. Tant pis !

LES TRAVAILLEURS.

I.

Je ne trouve rien de beau comme un travailleur, un vrai travailleur, entendez-vous, un travailleur qui travaille, qui gagne honnêtement sa vie et qui élève ses enfants dans la crainte de Dieu et l'amour du prochain.

Vous ne le verrez point se soûlant au cabaret, blasphêmant dans les rues, rentrant au ménage pour y battre sa femme et maudire ses enfants.

Ses mains sont calleuses; mais elles sont honnêtes. Il y a dans toute sa personne un air de modestie, qui lui attire la bienveillance générale.

Ce n'est pas lui qui vocifère contre le bourgeois, et qui l'accuse de conspirer pour la misère publique. Non, il sait que les écus bourgeois sont nécessaires à son industrie, et il laisse venir à lui ces écus qui se confient à sa probité.

Si le vote de ses concitoyens l'appelle à siéger dans le conseil des magistrats de son pays, il n'aura pas l'outrecuidante présomption d'un réformateur maniaque. Il prendra conseil de ceux qui ont l'expérience des affaires, persuadé que les bonnes réformes ne s'opèrent qu'avec sagesse et prudence.

Honneur au vrai travailleur!

II.

Honte au misérable coureur de guin-
guettes, qui chaque semaine étale, dans
nos rues et sur nos places publiques, le
spectacle scandaleux de ses dégoutantes
orgies.

Fainéant, ivrogne, querelleur, tapa-
geur, il consume inutilement sa jeunesse,
il se dégrade sans retour et se ravale au
niveau de la brute. Déjà la mort le pour-
suit, jeune vieillard il s'incline sous le
poids ignominieux de ses débauches.

Malheur à la pauvre femme qui aurait
encore le triste courage de s'associer à
une pareille existence, sa vie ne sera

qu'un long martyr. Pour elle plus de joies de famille, elle est vouée sans retour à la brutalité et aux mauvais traitements. L'homme débauché ne comprend rien aux délicatesses et aux tendres émotions du cœur, il a perdu le sens moral.

Allez encore, si vous en avez le courage, le rappeler à des sentiments honnêtes, allez lui parler de sa dignité d'homme qu'il outrage. Son regard hébêté, ses paroles insolantes vous en diront plus que le triste tableau que je déroule sous vos yeux.

Honte au travailleur débauché !

LES JOURNAUX.

« L'homme ne vit pas seulement de pain, il vit encore de journaux. »

On devrait inscrire ces paroles évangéliques sur le frontispice de tous les monuments.

On devrait les stéréotyper sur la déclaration des droits de l'homme, sur le préambule de la constitution. N'est-ce pas un des plus beaux droits de l'homme, que celui de lire et de faire des journaux ?

Ne vous étonnez donc, ni du nombre ni du succès des journaux. Eh! quoi donc, un flatteur qui vient vous applaudir tous les matins de n'avoir pas le sens commun; est-ce peu de chose?

Un sot trouve toujours un plus sot qui l'admire.

C'est Boileau qui a dit cela. De son temps cependant il n'y avait ni *Père Duchêne*, ni *Lampion*, ni *Tocsin*, ni *Courrier de la Côte-d'Or!*

SOCIÉTÉ SECRÈTE.

Quand on est entré là-dedans, on n'en sort pas comme on veut. Cent poignards levés sur votre poitrine sont toujours là, pour vous rappeller vos redoutables serments. Voilà du moins ce que l'on fait croire aux niais que l'on parvient à embaucher.

Bah! si j'étais embarbouillé dans quelque société de cette espèce, et qu'il me prit fantaisie d'élargir le licou, je trouverais bien encore un moyen d'apprivoiser les limiers de la bande.

Ce serait tout au plus l'affaire d'une petite ribote. De tout temps les gens à société secrète furent sensibles à la ribote.

On dit même que pour le plus grand nombre, ce n'est qu'une affaire de ribote. En effet, la fanferluche et la gaudriole entreront toujours pour beaucoup dans la politique de certains hommes.

Pourriez-vous me dire ce que signifie une société secrète dans un pays, où l'on a toujours eu la liberté grande de parler et d'agir au grand jour, sans crainte du guichetier, même en vomissant des infamies dans le genre de celles du citoyen Proudhon?

En général, on n'aime guère à se cacher pour faire le bien, nous sommes dans le siècle des grandes affiches et des réclames à son de grosse caisse. Est-ce que par hasard les sociétés secrètes seraient organisées pour le mal? Oh non! cela n'est pas possible.

Nous conspirons pour la liberté, dites-vous. Oh! vous ne plaisantez pas. Moi, j'avais toujours cru que la liberté, fille du grand air, devait se trouver bien mal à l'aise dans les souterrains de la conspiration.

Dans tous les cas, j'aimerais mieux la schlague, que votre liberté conspirée. Ah! la schlague! vous nous la donneriez joliment, si vous étiez les maîtres; mais vous n'êtes que des bouffons.

UNE ÉDUCATION LIBÉRALE

AU XIXe SIÈCLE.

Savez-vous ce que c'est qu'une éduca-tion libérale au xixe siècle ?

Vous avez huit ans, votre père vous dit un beau jour : Ça, mon garçon, tu commences à grandir, il faut que je te mène au lycée.

On vous fait un trousseau selon les instructions militaires du prospectus. Votre mère vous embrasse en pleurant, vous partez le cœur gros, maudissant instinctivement ce collége, qui va vous engloutir et vous enlever sans miséricorde aux affections et aux joies de la famille, dans un âge où votre jeune cœur a tant besoin d'être réchauffé aux caresses maternelles.

Vous arrivez devant un Monsieur qui vous dit mielleusement, mon petit ami. Retenez bien le mot, c'est la dernière fois que pour vous il sort de sa bouche.

Demain quand vous serez plongé dans les douceurs de la vie classique, il n'y aura plus de, mon petit ami. Le Monsieur posera comme une barre de fer, et vos aimables compagnons de céans vous auront déjà stylé à le regarder de travers. C'est le maître !

Pendant dix années vous tricoterez de

huitième en philosophie, vous essuierez
la poussière des bancs. Des maîtres dont
le dévouement n'a pas son égal, vien-
dront chaque jour pour l'acquit de leur
traitement, bredouiller à vos oreilles du
grec et du latin, auquel vous vous garde-
rez bien de comprendre quelque chose;
car ce serait déroger. Si vous êtes entré
âne, il faut que vous sortiez encore plus
âne.

Vos récréations, depuis qu'on a fait du
lycée une caserne, se passeront au son
du tambour. Vous sortirez de l'étude au
commandement de : par file à gauche,
arrr...che. Vous y rentrerez, toujours au
pas militaire, pour manœuvrer sur
Chapsal et Lhomond.

Si j'étais ministre de l'instruction publique, je présenterais immédiatement

un projet de loi ainsi conçu, et je demanderais le vote d'urgence.

Article unique. Tout père de famille qui voudra faire apprendre le *ba be bi bo bu* à ses enfants, devra leur procurer immédiatement une giberne et un fusil.

Et quand la France ne sera plus qu'un immense corps-de-garde, nous serons sans contredit, les plus civilisés des *hôtes de ces bois.*

Voilà ce que l'on appelle une éducation libérale au xixe siècle.

RÉSULTAT.

LES FONCTIONNAIRES.

Les Français sont tous également admissibles aux emplois, disent nos constitutions.

On en profite, je vous assure, peut-être en profiterai-je un jour moi-même. Pourquoi pas, est-ce que par hasard je manquerais des capacités requises? Tout le monde est capable aujourd'hui. Qui en doute? Mais voyez donc, il n'y a pas jusqu'au magister du village, qui ne soit taillé dans l'étoffe d'un ministre.

J'ai connu un vieux militaire, qui me disait : Quand je vis que tout le monde était couvert de gloire, tout le monde, jusqu'au cuisinier de sa majesté impériale, je n'ai plus voulu de la gloire. Ah! lui dis-je, c'est que la gloire ne se paye pas. Un emploi, c'est différent, on en veut toujours, même en très mauvaise compagnie.

Comme tant d'autres, j'ai eu le bonheur d'aller apprendre au collége les jolies choses que vous savez. J'en suis sorti comme j'y étais entré ; mais j'avais là un bon petit compagnon, qui en sortit encore plus âne que moi. Vous croyez peut-être que cela lui a empêché de faire son chemin ? Oh non ! au contraire.

Il prélasse aujourd'hui dans une préfecture. Le lendemain du 24 février, il

avait été commissaire aux pouvoirs illimités. Ah! le gaillard, comme il a su en
profiter.

Vous le voyez, il n'y a rien de tel
qu'une révolution pour ceux qui ne savent rien. Je vous en souhaite une bonne,
ainsi qu'à moi, accompagnée de plusieurs
autres,

COMMUNISTES.

Vous croyez peut-être que ces gens-là
inventent quelque chose. Il y a longtemps
qu'on a dit : rien de nouveau sous le soleil.

Platon, Thomas Morus, Bacon, Mo-
relli, Campanella, Babeuf, Rétif de la
Bretonne, etc. Autant de noms fameux
par les utopies consignées dans leurs
livres.

Le premier, Platon, fit au moins de sa république communiste, une république imaginaire. Ce fut un jeu brillant de son imagination.

Thomas Morus rêve une île *d'utopie* où les biens sont en commun. Les magistrats distribuent les instruments de travail, on y ménage les forces de l'homme. User de tout, n'abuser de rien, telle est la règle de la vie. L'utopie de Thomas Morus donne le nom à tous les rêves de ce genre.

Le moine Calabrais Campanella place ses folies dans le soleil, il fait un volume de rêves fantasmagoriques sur la *cité du soleil*. Allez donc habiter le soleil, c'est là qu'on trouve le bonheur parfait. C'est à peu près comme l'*Icarie* du citoyen Cabet.

Tout le monde connait le manifeste de Babeuf.

Notre siècle, qui a vu tant de folies, et qui en verra bien d'autres encore, ne pouvait se passer de cette espèce de songe-creux.

Prenez, choisissez, voilà la sainte famille. Fourier, Saint-Simon, Goëssin, Cabet, Pierre Leroux, Georges Sand, Proudhon, etc. Allons dépêchez-vous : vite, partez, faites vous communiste. Si vous avez quelque fortune, portez-la à ces amateurs; ce sont des gaillards qui connaissent les jouissances de la communauté, surtout quand il n'y a qu'à prendre et à s'amuser.

Trop heureux, s'ils daignent vous actroyer la sublime faveur de cirer leurs bottes.

Quelques-uns sont assez niais, pour oser dire, qu'ils sont venus mettre la dernière main à l'Evangile du Christ.

Quels apôtres, Seigneur !

Quand ils voudront faire une entrée triomphale dans leur nouvelle Jérusalem, ils n'auront guère besoin d'aller au dehors, chercher la monture de rigueur.

PARIS.

J'aimais beaucoup Paris, Paris la grande ville, Paris la capitale du monde civilisé. Depuis qu'on y a fait tant de barricades, depuis qu'il faut camper une armée dans ses flancs, je l'ai pris en dégoût.

Il y a une barbarie, mille fois plus abominable que celle des sauvages; c'est la barbarie de ceux qui croupissent dans les infamies d'une civilisation dépravée. Pauvre Paris! Qui aurait jamais cru, que tu recelais dans ton sein les cent mille barbares dont les atrocités ont épouvanté l'Europe entière?

Il nous faut une capitale, aucune nation civilisée ne peut s'en passer; mais nous n'entendons pas que cette capitale pèse si durement sur nos destinées, que trente-cinq millions de Français marchent forcément traînés à sa remorque, même dans ses folies.

Il y a dans l'atmosphère de Paris, je ne sais quoi, qui tourne la tête, même aux plus forts. Tel provincial, dont vous croyiez le bon sens inattaquable, une fois là-bas, devient bizarre et fantasque comme les autres.

Quant aux Parisiens, c'est connu, ils ont toujours la tête à l'envers, ils ne savent jamais ce qu'ils veulent.

Il n'est sorte de mauvaises plaisanteries que ces Messieurs ne se permettent à notre endroit. En vérité, je ne vois pas qu'il y ait tant matière à s'enorgueillir, d'être l'enfant d'un pays, dont le privilège consiste depuis quelque temps à bouleverser la France.

Je voudrais bien que Paris pût me dire, ce qu'il serait sans la province. Et si Paris n'était pas ce qu'il est; croit-on que nous en serions plus mal?

DÉMOCRATIQUE ET SOCIAL.

Si les imbécilles qui vocifèrent par les rues, pouvaient me dire ce qu'ils entendent par leur démocratique et social, à mon tour je vous le dirais.

Vous croyez peut-être qu'on est obligé de savoir ce que l'on crie et pourquoi on le crie. A ce compte-là, que deviendraient nos forcenés braillards? Ils seraient obligés de se taire. Le mal ne serait pas grand, dites-vous. Je suis de votre avis.

Mais non, il faut crier : on crie donc. Le démocratique et social s'est trouvé là, jeté par les communistes. Des hommes qui ne sont pas communistes, l'ont ramassé, pour s'en servir comme des niais.

J'aimerais mieux leur entendre crier : tarte à la crême.

Ce que je vais vous raconter est déjà vieux, quoique séparé de nous par deux mois seulement. Avec la république, c'est comme avec l'amour, l'existence passe comme une ombre : mais aussi que de jouissances ineffables !

J'assistais à un banquet patriotique, où l'on fêtait avec une vraie cordialité, un détachement de garde nationale, revenu des barricades de Paris.

Quand vint le moment des toasts et des

discours, je vis se lever un citoyen revê-
tu de l'écharpe, il prit son verre, le porta
en l'air et se mit à crier à pleins pou-
mons : « A la république démocratique
et sociale. » La société toute entière ne
répondit que par le cri de : *vive la république !* et je sais que beaucoup ajoutèrent
mentalement..... des honnêtes gens.

L'homme à l'écharpe en fut pour son
démocratique et social.

Un heureux instinct fait qu'on re-
pousse avec horreur et dégout, ce démocratique et social. C'est qu'en effet, on
commence à voir que la république de
ce nom, n'est qu'une république de fous
et de fripons.

ASSEMBLÉE NATIONALE.

Entre neuf cents, vous viendrez bien à bout, j'espère, de faire le bonheur de la France.

Cela dépend de vous, Messieurs. Il faut bien penser que vous n'êtes point là pour les vingt-cinq francs de votre indemnité.

Vous n'y êtes point non plus, pour procurer des places à vos neveux ou à vos cousins.

Des républicains comme vous, doivent se dévouer corps et âme au bien de la patrie.

Et la patrie, ivre de bonheur et d'enthousiasme, vous portera en triomphe au temple de l'immortalité.

On dit que vos démocrates purs et absolus, (ils sont trente-deux, je crois) veulent changer de système et descendre des sphères éthérées où ils plânent comme l'aigle, pour se mettre plus à portée de.... recevoir quelques petits emplois.

Uniquement pour démocratiser la chose, entendez bien.

Par exemple, ils s'accommoderaient d'une ambassade, même à Vienne. Vous figurez-vous un homme de la Montagne à la cour d'Autriche, se souillant au contact impur de la monarchie. Il n'y aurait plus assez d'eau dans le Danube pour le purifier.

Mais puisqu'on vous dit que c'est pour démocratiser les fonctions diplomatiques.

Comme tout est pur dans la démocratie pure et absolue, j'aime autant croire que c'est l'effet d'un pur dévouement.

LES AFFAIRES.

Elles ne vont pas mal, ces affaires, elles sont dans un état de prospérité toujours croissante. Pour mon compte, j'en suis content comme un roi. Ah diable ! par le temps qui court y a-t-il un roi qui soit content ?

Le commerce par exemple se porte à merveille. Passez au *Moniteur*, on vous dira que le chiffre des exportations a diminué de moitié (foi de *Moniteur*). Regardez autour de vous, cherchez bien et dites-moi où sont les vendeurs et les acheteurs.

Nous devions nous embrasser dans les étreintes d'une fraternité sans pareille. Deux mille citoyens, tués sur les barricades, gisent sous la colonne de Juillet, au Père Lachaise et ailleurs.

Le budget devait changer de face et devenir moins absorbant, nous avons payé en sus quarante cinq centimes pour cent. Les finances ne s'en portent pas mieux. En revanche nos bourses sont à l'agonie.

Bonnes affaires, comme vous voyez...

RELATIONS EXTÉRIEURES.

J'avais fait un chapitre sur cette politique extérieure. En le relisant, je m'aperçus qu'il était aussi embrouillé que la chose.

Croyez-moi, laissez de côté cette bouteille à encre. Tout ce que vous pourriez dire, ne l'éclaircirait pas.

———

Les Italiens, qui voulaient avaler d'une seule bouchée l'armée de Radetski *il barbaro*, se donnent aujourd'hui à tous les diables. Après nous avoir insultés, ils nous réclament à grands cris.

Ces gens-là s'imaginaient qu'on fait la guerre sans hommes et sans canons. Ils ont laissé Charles-Albert se morfondre, seul pendant cinq mois avec ses braves Piémontais.

Par reconnaissance, quand ils le virent dans les rues de Milan, ils lui tirèrent dessus.

Cela s'appelle, dans la langue du pays, *una schiopettata*. Il y a quelque chose de mieux encore, c'est la *stilettata*. Voilà comme les Italiens entendent la guerre, je veux dire les Italiens démocrates.

Stilettata veut dire en français un coup de stylet.

Si nos jeunes soldats franchissent les Alpes, je les engage fort à se défier de cet instrument-là.

J'ai parlé de la religion. Il n'y a pas de religion sans prêtres. Il faut donc des prêtres.

Horreur! diront des forcenés qui répéteraient volontiers l'ignoble phrase de Voltaire.

Oui, Messieurs, tant que la religion vivra, et elle est immortelle, il y aura des prêtres. Quand vous les chasserez, si vous pouvez les chasser, ils secoueront la poussière de leurs souliers et porteront chez les sauvages le flambeau de la foi qui vous offusque.

Vous n'en verrez pas plus clair pour cela.

Cette race de prêtres est tenace et patiente, elle a vécu quatre siècles dans les catacombes, elle s'est laissé martyriser par les tyrans de Rome pour vous donner une liberté, dont vous faites parfois un assez triste usage.

Le monde a toujours été rempli de cœurs méchants et ingrats.

Certain philosophe, qui voudrait passer pour célèbre, a dit que le catholicisme en avait encore pour trois cents ans *dans le ventre.*

Cet aimable citoyen dit parfois de fort jolies choses. Comment trouvez-vous celle-là : « Trois cents ans *dans le ventre ?* »

Pour un électique, ce n'est pas trop mal choisir.

Quel enterrement, bon Dieu! quèl convoi funèbre; vous figurez-vous une procession qui va durer trois siècles.

Quand on arrivera devant la fosse, il y aura longtemps qu'on ne fera plus de cornets de tabac avec la philosophie du philosophe en question.

Pourquoi faut-il, hélas! qu'il ait publié une édition de Pascal enrichie, je voulais dire souillée de notes et de commentaires.

Le malheureux! il n'a pas craint d'accoler sa prose aux pages sublimes du penseur catholique. Catholique, dites-vous : Pascal catholique! C'était un sceptique, un sceptique achevé. Vous croyez donc qu'on doit croire quelqu'un qui croit à ce qu'il croit. Demandez au nouvel éditeur de ses pensées, lui, par exemple, croit qu'il est un grand philosophe (mystère de foi).

Je me promenais dans les rues de la ville de X*** ; un immense placard jaune étalé sur les murs attire mes regards. Je m'approche et je lis.

C'était un ex-maire de la fournée des pouvoirs illimités, qui chantait une palinodie a ses concitoyens.

Sans vouloir trop exiger de l'autorité, on pourrait bien la prier de faire apposer sur les murs en question, l'inscription d'usage :

IL EST DÉFENDU, etc.

J'étais au café, je dégustais pacifiquement ma demi-tasse, lorsque le garçon m'apporta de lui-même un journal, en me disant : lisez, Monsieur, c'est du nouveau.

C'était en effet un nouveau journal. Vous savez que depuis quelques mois il en tombe de toute part. Je pris donc celui-là, pour voir un peu ce qu'il disait.

Ce journal, si vous êtes curieux de savoir son nom, s'appelle *le Citoyen*. Il s'imprime et se publie à Dijon. Après l'avoir lu, je ne pus m'empêcher de dire : Quel drôle de citoyen ! Je parie que si jamais il vous tombe sous la main, vous direz comme moi.

Souvenez-vous bien de ceci : quand vous voudrez avoir le fin mot de la vérité sur ce qu'il dit ; vous devrez le lire à rebours ; car c'est ainsi qu'il entend la chose.

J'avais donc bien raison de dire que c'est un drôle de citoyen.

HISTOIRE.

CHAPITRE Ier.

Sacrrr...... Ne vous effarouchez point; c'est un mot parlementaire, à l'usage des mieux *éduqués*.

Il y en a cependant qui ont encore assez de pruderie, pour s'arrêter à moitié chemin. Sacrrr.... disent-ils : pourquoi pas le mot tout entier, *sacrebleu.*

Vous souvient-il d'une vieille histoire, une bien vieille histoire en vérité.

J'ai lu quelque part, que l'abbesse des Andouillettes (monastère situé jadis sur les montagnes qui séparent la France de la Savoie), voyageant un jour dans son vieux carosse, se trouva fort embarassée, lorsqu'au détour d'un défilé, les mules de son équipage s'arrêtèrent d'un commun accord, sans plus vouloir avancer. Il y avait fort heureusement avec elle une jeune novice, appelée Marguerite, beaucoup moins novice qu'elle n'en avait l'air.

Après quelques instants d'hésitation :

— Allez donc, dit l'abbesse.

— *Pst..... pst..... pst*, crie Marguerite.

— *K.t.... t... ket... knt...*, l'abbesse.

— *Hu... u... e... hue e... e... huo*, Marguerite, plissant ses charmantes lèvres en forme de bourse, moitié moquerie, moitié sifflet.

— *Pan - pan*, carillonne l'abbesse des Andouillettes, avec le bout de sa canne à pomme d'or, contre le fond de la calèche. Rien ne bouge ; les mules font sourde oreille.

Nous sommes perdues, c'est fait de nous, mon enfant, dit l'abbesse à Marguerite.

Ma chère mère, dit la novice, après un court instant de réflexion, il est deux certains mots, qui, m'a-t-on dit, peuvent forcer tout cheval, âne ou mulet, de gravir bon gré mal gré une montagne, quelqu'entêté ou récalcitrant qu'il soit, du moment qu'il les entend prononcer il obéit.

Ce sont des mots magiques ! s'écria l'abbesse toute saisie d'horreur.

Non , répartit Marguerite avec calme ; mais c'est un péché de les proférer.

Quels sont-ils, interrompit l'abbesse.

Il est tout-à-fait impossible de les prononcer, ma chère mère, dit la novice ; il y aurait de quoi faire monter à la face tout le sang qu'on a dans le corps.

Mais vous pouvez me les dire à l'oreille, répliqua l'abbesse....

CHAP. II.

Tous les péchés quelconques, dit l'abesse, devenant casuiste, sont considérés par le confesseur de notre couvent comme mortels ou véniels; il n'y a pas d'autre division. Or un péché véniel étant le plus léger et le moindre de tous les péchés, si on le partage en deux, soit en n'en prenant que la moitié et laissant le reste, soit en le prenant tout entier et le partageant à l'amiable entre une autre personne et vous, nécessairement il se réduit à rien.

Or je ne vois aucun péché à dire *bou*, *bou*, *bou*, *bou*, cent fois de suite; et il n'y a non plus aucune turpitude à prononcer la syllabe *gre*, *gre*, *gre*, *gre*; fut-ce depuis matines jusqu'à vêpres.

C'est pourquoi, ma chère fille, continua l'abbesse des Audouillettes, je vais dire *bou*, et tu diras *gre*; et puis alternativement comme il n'y a pas plus de péché à dire *fou* qu'à dire *bou*, tu diras *fou*, et j'entrerai avec *tre* (comme fa, sol, la, ré, mi, ut, à complies), et effectivement l'abbesse, donnant le ton, attaqua ainsi :

L'abbesse. *Bou.... bou.... bou....*

Marguerite. *Gre.... gre.... gre....*

Marguerite. *Fou.... fou.... fou....*

L'abbesse. *Tre.... tre.... tre....*

Les deux mules répondirent à ces accents connus par un mutuel coup de queue; mais cela n'alla pas plus loin. — Cela va venir, dit la novice.

L'abbesse. *Bou.. bou.. bou.. bou.. bou..*

Marguerite. *Gre.. gre.. gre.. gre.. gre..*

Encore plus vîte, cria Marguerite.

Fou, fou, fou, fou, fou, fou, fou.

Bou, bou, bou, bou, bou, bou, bou.

Gre, gre, gre, gre, gre, gre, gre.

Encore plus vîte. Dieu me protége, dit l'abbesse. Elles ne nous entendent pas, s'écrie Marguerite. Mais le diable nous entend, dit l'abbesse des Andouil-lettes.

FIN.

Auxonne, Imprimerie de X.-T. Saunié.

www.ingramcontent.com/pod-product-compliance
Ingram Content Group UK Ltd.
Pitfield, Milton Keynes, MK11 3LW, UK
UKHW021108140726
13695UKWH00004B/1412